KB092804

우울증에서 피는 꽃

우울증에서 피는 꽃

초판인쇄 · 2018년 3월 28일
초판발행 · 2018년 4월 10일

지은이 | 이광배
펴낸이 | 서영애
펴낸곳 | 대양미디어

출판등록 2004년 11월 제 2-4058호
04559 서울시 중구 퇴계로45길 22-6(일호빌딩) 602호
전화 | (02)2276-0078
팩스 | (02)2267-7888

ISBN 979-11-6072-022-8 03810
값 13,000원

*지은이와 협의에 의해 인지는 생략합니다.
*잘못된 책은 교환해 드립니다.

이 도서의 국립중앙도서관 출판예정도서목록(CIP)은 서지정보유통지원시스템 홈페이지(http://seoji.nl.go.kr)와 국가자료공동목록시스템(http://www.nl.go.kr/kolisnet)에서 이용하실 수 있습니다.(CIP제어번호 : CIP2018009653)

사랑 우울증에서 피는 꽃

이광배 첫 시집

대양미디어

◇책머리에◇

글

무슨 목적으로
이와 같이 글을 쓰는 것인가

이런 식으로
40년이 넘은 세월을
열화와 같이 쓰고 있다.

통제가 있는 이곳에서
진솔을 엮는 이 시간이
가장 좋다.

스스로를 달래며
마음을 다독인다.

겨울 눈이 봄을 재촉하지만
세상만사에서 꿈을 접고
삶의 외길을 쓸쓸히 걸어간다.

아무도 없는 외진 곳에서
석양은 손짓한다.
함께 가지 않겠느냐고…

2018년 3월
저자 이광배

◇ 격려사 ◇

이광배 군 '초연'

아픔의 굴레 속에서 깊이 잠들어 전신을 끌어내기 위해 몸부림쳤다. 선잠 속에서도 발버둥 쳐봤다.

그러나 이 괴로운 난국을 어떻게 풀어야 하나 끝없이 날으는 허공의 메아리를 잡으려고 괴로워했다.

누구 한사람 오라는 곳도 없었다.

멀리서 바라보는 친구들도 지나쳐 가버렸다.

외로움은 쌓이고 고독이 엄습해 왔다.

마음도 정신도 작은 구슬 속으로만 조금씩 조금씩 스며들고 있었다.

깊어만 가는 나의 가슴 허공에 던져버리고 소리쳐 굴레를 활짝 벗어 던져라, 열 번도 백 번도 문이 열릴 때까지…

내 마음 따라 내 얼굴도 따라서 웃었다.

떠도는 망상들 연필 끝에다 가두고 시를 쓰면서 사랑도 붓끝에 담았다.

무거운 마음 덩어리가 눈 녹듯이 사라진다.

순간순간마다 밀려오는 옛 기억들 친한 친구들의 미소를 꼭

붙잡아라.

밝고 명랑했던 나의 모습이 보일 것이다.

허상, 공상, 망상들과 말하지 말고 보내버려라.

그들이 나를 괴롭게 한다.

기쁜 날 재미나는 이야기로 시간을 메꾸고 굉음도 활극도 가까이 하지마라.

슬픈 사연들도 듣지도 마라.

오직 밝은 미소를 머릿속에 담아라.

마음이 열린다.

단꿈이 밝아온다.

한잎 두잎 꽃이 피고 구름도 걷힌다.

꽃잎이 피어날 때 내 마음도 따라 피어난다.

명예철학박사 · 시인 지 현 경

차례

제2부 목련은 말이 없어도

제3부 그것이 아름답기에

제4부 사랑함을 용서하구려

제5부 아련한 연정

제7부 겨울 가랑비

제1부

당신이 그립다

허공에 떠 있는

슬픈 나락으로 떨어지는
운명의 쌍곡선에서
당신이라는 존재를
알게 될 줄이야…

짐이 되는 애정인가
쓰고 있는 몸도
펜을 들고 떨고만 있다

세월은 사약인가
모든 것을 쉽게 잠재우니
더 이상의 미련조차 삭제하는
그 위력의 터구리에서…

가고픔
당신께
그러나…

여 력

열풍은 끝났지만
삭풍을 두려워하지 않는다
곁에 있는 고통
가슴앓이
참을 만하다

흩어지기 시작할 낙엽에게도
사의를 전하고 싶다
가슴을 타고 흘러내리는
차가운 물방울은
빗물인가
눈물인가

세속이 답답할 때
저승 구경을 한번
다녀올 수는 없는지…

당신이 그립다

당신이 그립다
그러나 단순하게 그리운 것뿐이다
세상이 변하듯 이 몸도 변해간다

그리운 것은 당신이지만
모든 사연과 추억들을 잠재울 수 있는
호의에는 다 감사하지만
싸늘한 분위기는
당신 책임이다

내가 할 수 있는 노력의 한계 때문에
그것을 극복할 수 없어 마음 아프다

많은 사람과의 접촉에서 이뤄놓은 신뢰가
깎이어 나간 것이 무엇보다 고통스럽다

그리운 당신
그러나 당신을 잊을 때는 편하다
그러나 당신이 그리운 것을
지울 수 없어 혼란스럽다.

비련의 목적

크나큰 설레임 뒤
때 아닌 된서리

고개를 숙이고 엎드린 옆
공허한 빈손의 앞
반가운 언질에 눈이 빛나는 저 건너
어지럽다
하지 않으리
애걸을

조금은 덥기도 하고
약간은 술렁이기도 하고
정해진 격은 없다
다만
내 마음의 빈자리가
비련의 목적 같을 뿐이다.

월평동의 밤

월평동으로 외박
둥근 달이
둥실 둥실 두리둥 둥실

아픔을 씻겨주는 달빛
한산한 거리
유적지 벤치에 앉아
깊게 담배 연기를 내 뿜는다

뜸했던 행차
어렵게 이뤄졌다

착잡,
보이지 않는 별들
기쁨이 아닌 그늘 밑
몸은 다시
어디로 가야 하나.

과거의 기억

모순의 자욱들
허물과 시련의 연속에서
백지의 변두리에
우두커니 서 있다

꿈에도 아쉬운
달콤했던 사연들은
모두 어디로 사라졌는가

질서 없이 살아온 여정
과거의 기억들이
아직도 살을 에이고 있다.

첫 발

어렵게 첫발을 내밀었습니다
좀체 노래하지 않는 女子가
들판을 향해 노래를 불렀습니다

난 언제나 혼자였는데
아름다운 女人의 목소리에
후회하지 않게 됐어요

자신의 모습을 뒤돌아보니
투명한 시선을 잃었나 봐요

어렵지만 어렵지 않게 됐고
여전히 혼자이지만
외롭지 않게 됐어요.

비

서글픈 아쉬움
파란 비 노란 비
붉은 비와 검은 비

파란 만장한 삶 속에
말없이 흘러내리는 비

우산을 들고 걸어가는 여인이
저 멀리로 사라진다.

짧은 추억

미래로 가는 길
과거로 돌아가는 길
지금 걷고 있는 길

짧은 추억의 상존
가슴이 정감으로 빛이 난다

나풀거리는 머릿결에
힘없이 떨어지는 시선

무엇을 어떻게 하였는지는
크게 중요하지 않다.

당

한 잔의 차
한 잔의 추억
한 잔의 아림

당이 울리고
당이 터지고
남김 없는
모든 것이 새로운,
난 그런 당이 좋다

어둠의 당이
한낮의 당을 만들다가도
다시
어둠으로 힘없이 돌아온다
그래도, 당 뿐이다.

울어라

떠도는 별
기우는 달
사라진 태양

어둠 속에서
별도 울고
달도 울고
내 마음도 울고…

바람을 타고 흩날리는 비
가을도 영문을 모르면서 운다.

인 상

나뭇잎 떨며 우는
그런 모습이 아니라

생음을 알리는 초승달 같은
그런 아름다운 맵시를…

처음이 주는 인상
조금은 낯설었지만
다감한 정감에
글문門을 열었습니다

초라한 모습에
외로움을 가눌 길 없어
이렇게 푸념의 시간을 갖고
어쩌면 좋을지…

세상도 하나이듯
당신도 하나
나도 하나
그러면
그 끝은 어딥니까?

너 울

모든 상처를 잊고
춤을 출 날이

한마당 춤사위로
과거를 풀자

아픔이
고삐를 놓지 않지만
확신이
허공에서 흔들리지만
온 기력을 모아
우울의 맥을
반드시 끊으리라.

원 숙

가시 같은 시선
원숙한 모습 속에

접하기 어려운 테두리

날씨 흐림
밀리는 한요로움

쉽게 이뤄지지 않는 분위기
소란함도 잠잠하고

그러나
이제는 당신을 거부한다
나도 뜻을 세우고 살련다.

미 련

아름답던 모습이
멀어져 간다

거부와 미련이 회오리 속에…

고된 감정
차마 손을 떼지 못하고 있다

적지 않은 나날이 흘렀고
미련 때문에
거부에 금이 가고 있다

당신 뜻에
내 뜻을 포함시킬 순 없나.

심 심

심심
그리고 적적

고독의 냉기가
등골을 타고 흘러내린다

겉은 푸짐하나
보이지 않는 통제

이루지 못하는
꼭대기 사랑
한 가련한 남자가
그저
안쓰럽기만 하다.

갑자기

갑자기 왔네
떠난다 하고서

좀 서운했던
일요일 아침의 이별선언

마지막이라고 떠난다 하고서
이렇게 놀라게 할 줄이야

그립지 못할 사정에서
기다림도 없는…

반갑네
반가워
바로 곁에 있는 줄도 모르고서…

없 다

헤이는 마음
숙여진 얼굴
잠잠한 주변

따분한 공간
더 따분한 기분
특이한 입장에서
특수한 현실

침대에 기대어
울리지 않는 감흥을 붙잡고
밤이 올 것이니
빗자루를 불러보나
없다… 빗자루가…

이해의 폭

이해의 폭과 여유로움
잔잔한 가을바다 같은 가슴
시선이 뿌리는 정의 향취
조우의 날은 며칠 남았나

길고 먼 구름자락의 손짓
함부로 움직이지 못하는 몸이지만
여운의 끝을 찾아가기 위하여
어둠을 염두하고 싶지 않은

공원 벤치의 공허를 지키는 가로등
언제가 그도 수명을 다할 때는
처분의 이름으로 조용히 사라질
공원과의 어우러짐도 없지 않았음에

뜸한 보도의 행렬도 바람 때문인가
오가는 발길의 보폭도 짧아졌고
웅성이는 상가도 한가할 터
바람 속의 진실은 바로 여기인가.

야속한 그리움

만남은 어제 그제
달무리에 스미는 모습
청춘이 무엇이기에
그 청춘의 시절을
한 번도 경험해 보지 못한
인고의 나날은 끝없이 흐르고
한 번 입은 가슴의 상처는
피눈물로도 지워지지 않는

아, 나의 하늘이여!
어찌 그리도
야속한 그리움의 질곡을
풀어주시지 않는 것인지
머리를 조아려
삼가 원하옵니다.

소리에

봄이 오는 소리에
메아리 소리에
아침 찬바람 소리에
가을 잎 풀벌레 소리에

봄이 오는 소리에 겨울이 놀라고
메아리 소리에 자신이 놀라고
아침 찬바람 소리에 새벽이 놀라고
가을 잎 풀벌레 소리에 당신이 놀라고

별들을 본지도 오래됐고
달구경 한지도 오래됐고
밤하늘을 바라보며 밤바람 구경한 지도 오래됐고
서글피 운적도 꽤 오래

부듯한 포만과는 어울리지 않는
있는 그대로에 머물고 싶지 않은
출렁이는 파도에 눈시울 붉어지는
저기 저 섬을 향해, 아~

미련만

홀로 가야만 하는 길인가
흠 없는 들국화 위에
서리는 눈물
지켜보는 마음이
너무 아프다
연인의 가슴속에
이별의 수를 놓으며
차마 그리기도 아린
그 장면의 클라이맥스
해법은 없고
미련만…

가얄 길인가
말아야 할 길인가
선택의 폭은 좁고
나날은 짧고
먼 뒷날의 추억 속에서 만나려나
해법은 없고
미련만…

제2부

목련은 말이 없어도

아! · 1

봄이 오네요 봄이 와
저 만큼 오고 있는 내음
봄을 캐는 아가씨
가슴에 봄바람이 드셨네요.

살랑이는 아지랑이
할아버지 지고 가는 나무 지게에
너울너울 춤을 추는 홍
여보슈…

아!
당신이구려 당신
아주아주 간 줄만 알았는데
어떻게 이렇게 전갈도 없이

보고팠소, 보고팠소.
섣달그믐이 다가오다 보니
당신이 그리워져…
울고 넘는 박달재가 여기서 부터였나요?

아! · 2

여기가 어딘가
어디쯤일까

햇살은 봄이에요
당신이 머무는 곳에서 한참을
객적인 글이기도 하지만
토하는 글이기도 해요
조금은 외롭기도 할 때
힘든 부분도 있지만

아!
봄이에요
창문 밖 햇살이 빛나고 있어요

애석한 인생의 봄은 이토록 처량하답니다
참다운 봄을 얻기 위한 봄의 기다림
이해의 폭이 넓혀져 있는 그 가운데에
이 글의 중심을 끼어 넣고 싶은

아!

아!·3

좋았소
편했소
그리고 의미 있긴 했으나
결국 오래가진 못했소

목마름에 단비였지만
하늘은 그리 쉽게 풀어주지 않았소

수레바퀴 같은 세월
몇 번을 더 돌아야
제 자리에 멈출까

아!
고달프다
인생길 나그네 길이여!

언 제

만나게 되려나
언제쯤

하늘은 깨끗한데
가슴은 한밤중

들판에 꽃들은 상당할 텐데
주위에는 온통 메마른 풀잎

가겠다
오겠다
그러겠다

하루가 하루 같질 않다.

일편단심

무엇이 그리도 그립고
무엇이 그리도 보고픈지
푸념의 길은 멀고
잡념의 길은 어둡고

이제나 저제나 기다려온 나날
그러나 생각을 충족시키지 못하는
너는 오지만
나는 간다

간절한 기대에 어긋나지 않길
스스로 무너지는 모래성처럼
조각구름에 이유를 실어
동편으로 흘려보내는데

실연의 아픔을 달래기도 전에
또 한 편의 실연을 쓰는
일편단심으로 살아오지 못했지만
이제는 일편단심으로 살아갈 수 있겠는지…

입춘立春이래요

입춘이래요
오늘이
우수가 온대요
다음 다음 주에

무덤가의 잔디가 아니라
꽃동산 봄꽃
겨울이 저절로 가는 것이 아니라
봄바람 연정이 밀어낸 거예요

풀피리 울 때도 얼마 아니 남았고
나들이 준비도 서둘러야 되고
힘겨루기에서 밀어내던 동장군을
이제야 심판대에 올려놓았으니

쾌적한 가을날의 설움을
달래볼 여유가 생겼으니
저 멀리서 가슴에 들려오는 지지배배
당신의 마음에도 연분홍 꽃이 피겠지요.

나날들

당신이 머무는 곳은
멀지도 가까이도 아닌
사연의 나날은
길지도 짧지도 아닌

언덕을 넘어오는 파랑새소리
마음속의 골짜기는 누구를 기다리고
선연히 떠오르는 태양이 날개를 펴고
하늘은 여유가 있습니다

어제는 오붓함 속에서 접어졌고
오늘은 경쾌의 리듬을 타고 시작됐고
농부의 손길이 바쁠 초기는
목청을 돋우는 장닭의 홰에 힘을 얻고

당신의 어제는 어떠셨습니까?
보이지 않는 성원이 당신을 향하여 있고
들리지 않을 기도가 당신의 행복을 기원하며
하루의 시작을 당신과 함께 합니다.

목련은 말이 없어도

봄날이 저기 저만치 오고 있네요
겨울의 초반이지만
다음 차례는 봄
목련이 말은 없어도
내심 기다리고 있을 겁니다

사계절의 윤회 속에
그 누구도 거부할 수 없는
순환의 절차
아직 성숙하지 못했고
첫눈도 선보이지 않았지만
헐벗은 나무 가지도 그 외로움에
할 말이 있을 거예요

매서운 바람이
어깨를 스친다 해도…

연정에 물든 마음

피어나는 당신의 꽃
지고 있는 이내 심사
한 잔 술도 없진 않았지만
세속의 티를 벗은 지 오래

당신께 혹시나 결례는 아닌지
사이에 물 한 잔도 없었지만
왠지 다가가고 싶고
왠지 꺼내보고 싶은

공평의 원칙은 역사로도 아니 되고
철저한 순수만이 진실의 칸 속에
무엇을 얻으렴이 아닌
무엇인가 드리고 싶은

별은 먼 곳에 있지만
진실로 먼별은
당신과 나 사이가 아닌지
밤하늘을 차분히 비켜갑니다.

당 신

성이 유요 이름은 미선
출렁이는 물결 따라 당신이 흘러가네요
꽃잎도 실어 함께 떠나가네요
지금은 사방으로 네온 빛이 춤을 추는데

당신!
휴일과는 상관없는 특이한 생활
그 생활의 틈바구니를 통한 영상
당신의 이미지는 이렇게 가슴에 자리 잡고

슬펐던 지난날의 발자취
정월 대보름의 둥근 달이
일정을 앞당겨 한 고달픔의 나그네를
한 없이 끝없이 달래주네요

외로움의 서글픔도 없지 않지만
오늘의 하루는 따뜻한 햇살로 마감되려는
당신!
당신이라 표현할 수 있는 당신이 있어 좋네요.

미 선

선아
선아
미선아

세상살이 고달프지만
너 있음에 내가 살고
나 살아 있음에
너를 노래한다

선아
선아
미선아
풋사랑에도 진실은 있는 것
진실속의 사랑은 그 자취가 오래 남는 것
네 가슴의 모래밭에 한 떨기 들국화로 피어나리니
시작은 풋이었어도 이 순간을 깊이 새길 것임을…

이렇게 저렇게 그렇게 읊어대는 방랑의 유랑객
어쩌다 저쩌다가 당신을 알게 됐음에
다만 마음을 향할 수 있는 바당을 쥐어줌에 싫은 삼사를…

정情 깊은 매력

가슴에 그려지는
당신의 아리따움
글로 표현하기 어려운
그 여운

눈 감으면
떠오르는
그 연미색 시선
뛰어난 미모에 앞서 펴지는
정 깊은 매력

엊그제의 스침이지만
아주 오랜 나날이
지난 것 같네요

이별은 쉽고
만남은 어렵고…

어제의 이별과 내일의 만남

두고 온 임아!

멀어져 가는 임아!

하루가 갔고
이틀이 지나가네요
헤어짐의 섭섭함
그래도 볼 수 있었던 순간과 순간
어렴풋이 그려지는 모습
세월은 말없이 가고 가면서

뿌리치며 돌아서는
영화 속의 한 장면처럼
그러나

오늘은
이쯤해서…

진실의 저울

하늘도
잠시
쉬고 싶은지
태양이 모습을 감추었네요

끝없이 펼쳐지는
파도의 행렬에
저 멀리 수평선은
한 발 물러섰으나

진실의 저울 앞에서
자신의 마음은 과연
육신의 무게와
다르지 않은지.

이 시간

푸른 신호등을 기다리는
아침의 서막은 오르고
도시의 분주함이
정숙을 가룹니다

종달새의 지저귐이 그리운
지금
나는 어디쯤에
서 있는 것일까

푸른 파도 넘실대던
안면도 앞 바다의 정경
가을의 추억 속으로
힘없이 멀어져 가네요.

떠도는 유랑별처럼

유랑의 세월은 유랑별처럼
스산한 바람에 잠겼던 긴긴 나날
입춘立春의 한결에 흩어져
자욱조차 남기지도 못할

잠잠의 오후를 스치는
저 편의 구름
마음은 있어도 몸이 없는
외롭지 않으면서 외롭습니다

무정한 그리움만 깊어지고
저 푸른 저 남쪽 초원의 더딘 걸음
한 편의 이야기가
무한정으로 이어지는 그 끝없음

당신에게 드리는 고백이 아니라
가련한 운명의 하소연
무엇이 그리도 할 말이 많기에
쓰고 또 쓰고… 또 쓰고 있으니…

당신의 이름 앞에

당신의 이름 앞에 깊이 머리 숙이고
당신의 이름 앞에 마음을 굽히고
당신의 이름 앞에 하늘을 맹세하고
당신의 이름 앞에 단 하나의 목을 내 놓으리니

햇살은 길어지고 부드러워지고
서산 노을은 꽃을 피우고
설레임의 긴장도 가벼워지고
경쾌한 홍에 홀라춤이라도…

식사는 하셨나요
식사를 했습니다
진수성찬이 따로 있나요
맛있게 먹으면 족하지요

떨리는 손끝도 매끄러워지고
야생마의 떠돌음도 멈추어지고
떠나는 겨울의 뒷맛에 미련도 없진 않지만
빈 가슴에 자리한 아리따운 미인美人 때문에…

봄이여!

길게 늘어지는 석양의 그림자
아쉽지만 꺼져가는 한나절
짙어가는 봄의 유혹
두 눈을 감고 볼을 내밉니다

이러지도 저러지도 못했던 난처
그 난처함에 스미는 여운
당신이 있는 자리에 그대가 있고
그대 자리에 당신이 머무는 것을

기뻐함에 꼬리를 돌리는 슬픔
유쾌함에 슬며시 물러나는 외롬
작은 불씨가 산을 태우듯
당신의 한 마디에 영혼이 놀랐음이니

나의 여인이여!
지닌 것 없고 재주는 없으나
살아 있는 동안만이라도
쉬지 않고 당신을 노래할 터이니…

겨울에 대하여

눈 내리는 거리
명동성당 앞
인파의 물결은 출렁이고
스산한 마음도 출렁거린다

고단했던 한 해
시간은 하염없이 흐르고 흘러
한 나그네의 발자취에
짧은 고뇌의 흔적을 남긴다

도심의 혼잡한 풍경을 상상하면서
그림을 그리듯 쓰여지는 글
추억에 묻힌 기억들을
하나 둘 꺼내어 본다.

춤추는 달빛

빌딩 숲 사이로
리듬에 맞춰
어둠에 도전하는
열나흘의 둥근 달

만남의 기쁨도
헤어짐의 아쉬움도
모두
부질없는 것인가

달빛에 젖어드는
번화가의 적막
장미도
6월이 되어야 한다는데…

나들이

기다렸습니다
울적한 겨울이 싫었습니다
봄을 타고 봄나들이를 갑니다
당신을 무등 태우고

성큼 트이는 나물들이 선하고
그 맛에 취해 준비하고
아직 피진 않았지만
그 향기가 맴을 돕니다

어느 덧 이월의 말미
다시 또 세월이 필요하지만
그 세월도 느끼기 나름
당신께 한 걸음 다가섭니다

매화로구나 하며 보진 않았지만
그림에 그려진 청초한 모습
그윽함에 시심詩心을 달래고
매화에 매화를 묻습니다.

봄의 고충

찬바람이 몰아치고
눈보라 휘날리는
입춘立春에게도 애로점이 없지 않네요

오후는 풀린다하여 기다려봤지만
방금 치는 바람에 창문이 뒤틀리고
봄이란 용어에 맞지 않게
옷차림은 아직 그대로

기다림의 이루어짐도 별 것이 아니면서
웬 기다림의 시간은 그리도 많은지
떨치지 못하는 피의 연은
시달림의 그늘만 지울 뿐

아무리 공을 들여도 되지 않는 천리天理
그것을 모르는 바 아니면서도
어리석게 기다리고 기다리는
봄이 오면서도
애를 태우는구려.

제3부
그것이 아름답기에

그립습니다

뜨거운 햇살이 그립습니다
추억의 가을이 그립습니다
낙엽이 그립고
첫 눈이 그립습니다

봄의 문턱에 들어서
꽃망울이 채 맺지도 않았는데
나물들이 겨우 선을 보일 뿐인데
가고 오는 정이 그립네요

자연을 몰라 노래하지 못하고
봄을 몰라 기대만 부풀을 뿐
무엇이 밤 벚꽃놀이고
무엇이 약동의 계절인지

당신께 묻고 싶으나
우문의 응수를 받을 것 같아
햇살이 그리운 이 시간에
추억이 그립습니다.

즈음에

꽃필 즈음에
당신의 가슴은 어디 즈음에
꽃필 즈음에
당신의 눈길은 어디 즈음에

해 길다 노닐 때
꽃은 시듭니다
봄노래 휘청일 때
꽃은 떨어집니다

잊지 못할 가을의 자욱이 있듯이
그 자욱을 꽃잎도 새겨야 합니다
한 여름 햇살 아래서도 다른 꽃은 피지만
봄은 봄꽃만으로도 소중한 의미를 갖습니다.

즈음에 피는 그 꽃
시들어 갈 그 꽃
허나, 당신께 드릴 그 목련은
가슴에서 지지 않아야 할…

좀 기다려주오

가련한 가을이여
좀 기다려주오
조금은 힘들겠지만
6월의 장미도 거쳐야 하고
말복의 몸부림도 있어야 하니

지난해의 당신과
씁쓸한 이별
이별은 싸늘을 불러왔고
다시 입춘 고개를 힘겹게 넘었으나
기다린지…
좀 기다려주오
나도 당신과 해후하고 싶소

기다림은 겨운 것이오
만남은 순간인 것을
잊지 못할 추억 같으면서 잊고
오지 않을 세월 같으면서 오는

까치가 목청 돋워 울고 있네요.

애정의 이유

목마름의 두레박
갈 곳 없는 나그네의 하룻밤
떠도는 유랑별의 착지
외로운 영혼의 안식

피맺힌 절규의 황야
무인도에서의 두서
서글피 우는 짝 잃은 외기러기
생과 사의 갈림길

행복과 불행의 문턱
슬픔과 기쁨의 차이
설레임의 일침이
애정의 이유

애정이 없었던 것도 아니건만
구슬의 진주를 얻은 듯
사랑은 계절을 따르지만
애정은 고개를 넘었습니다.

조 건

애정의 조건은 어떤 것
사랑의 조건은 어떤 것
거부의 조건은 어떤 것
외면의 조건은 어떤 것

꽃바람에 실려 가는 님아
밤바람에 외로울 님아
봄바람에 술렁이는 가슴
비바람에 슬피 우는 낙화

두둥실 떠가는 실구름에
봄소식 님 소식을 싣고서
떠올리는 영상 그림자에
애상의 노을을 새깁니다

님에게 보낸 편지를
님께서 받으셨을 텐데
어찌하여 전갈은 없고
그리움만 남겨 주는지…

왜?

기대고 싶고
심중을 털어내고 싶고
함께 거닐고 싶고
들어보고 싶고

가련한 이 내 몸에 있어서
위대한 그 모습이여
뒤로 물러설 수도
다가설 수도

왜?
당신인가
나의 능력으로는 설명되지 않아요
그리고 그런 상황에 대해서는 어느 정도

왜?
당신인가
잘 알지는 못해도
더 이상 무슨 얘기가 필요할까?
당신은 사람이요 나 당신 진정으로 사랑합니다.

질 투

봄을 시샘함이 아니라
봄의 향연을 질투하는 것
당신께 가지 못함이 아니라
당신의 눈길에 머뭇거리는

덧없는 하늘은
바람을 몰아치고 있고
저 만큼의 봄은
뜸을 들이고 있고

거칠 것 없는 이내몸에는
아직도 테두리
그 테두리와의 화인 플레이로
별로 상관치 않는 관계

뚫어지는 시선의 방향은 서편
사이에 그어진 그 경계선
언제인가 흘러내리리 흘러내리리
지금 흘러내리고 있습니다.

청 춘青春

청춘은 갔는가
청춘이 아직 머물고 있는가
청춘을 그냥
청춘을 마냥

접기에는 서럽고
치장하기에는 어색하고
생각지 맙시다
어차피 꽃바람이 올 텐데

청춘의 노래에 밀려나고
가슴의 주름을 벗진 못해도
원숙함으로 푸름을
청초함으로 생기를

간다하여 막진 않지만
아직 청춘과 만나지도 못했는데
하늘의 별이 지켜봤고
버드나무도 옆에 있었소
이제라도 그 청춘을 만나야겠소.

상 처

단 한 번
단 한 번의 철퇴
철퇴의 상처
철퇴도
그냥 철퇴가 아닌
하늘의 철퇴

하늘을 두려워할 줄 알고
하늘의 뜻을 헤아릴 줄 아는
상처는 깊은 것이고
그것이 아물기에는 수많은 난관과 세월

세상엔 법만이 법이 아니며
보이지 않는 실질적인 하늘의 법

상처
과연 스무 해의 세월로도 족하지 않는가
상처의 흉터는 남아도 마음의 평온이 왔으나
여기에서 과연 생각대로 될는지
상처… 길었나 봅니다.

부끄럽대요

봄이 부끄럽대요
당신 대하기가
봄이 미안하대요
당신 보기가

봄이 좀 부족하더라도
조금만 이해해주시고
봄이 좀 실수하더라도
조금만 너그럽게 봐 주세요

세월이 흘러
당신이 문설주에 기댈 때
그때 봄 햇살은
당신을 잊지 않을 겁니다

행여나 찾아온 봄
박대하시질랑 마시고
그러그러려니 하세요
봄이 지금 약하지만
당신께 날개옷을 입힐지도…

아침이래요

아침이래요
봄이 접하는 아침
꽃피고 새 울진 않아도
꽃이 울고 새가 핍니다

여울목에서의 짧지 않은 기다림이
노을의 시간을 뒤로 밀어냈고
밤하늘의 보이지 않는 멜로디가
꿈의 음악을 들려 보내니

내게 있어서의 작은 여인
결코 작지 않게 성장하였으니
간순의 순간이 천지天地를 뒤덮고
홀로의 객에게 지팡이를 던지리니

인도의 삶은 여기까지 왔고
필요의 우물은 옆에 있고
두레박 가득히 담아줄
그 한 사람이면 족할 텐데…

뭐라고

지금을 뭐라고
어떻다고

사랑의 글귀가 어색하고
석연한 표현은 그렇고

오후로 달리는 아침
오후는 반색이 없고

어느 여인에게
진진함을 보내고픈 데

시름을 달래던
초췌했던 어제 저녁

길고 긴 밤을 새웠어도
활기찬 아침이 왔어도

여보세요?
그 외外에는 아니 되나요?

그

그…
그

그…
어떤 그

다정다감하고 정감 있는
평온과 안락에서의 담소
소파의 푸근함과 더불어
보라색 Wine과의 dessert

무엇을 원하세요
충족시키진 못해도
만족스럽도록

사랑은 고달픈 것
사랑하지 못하면 더 고통스러운 것
영화는 짧지만
그래서 여운이 많은 것이 아닌지.

그것이 아름답기에

조금은 서먹서먹
조금은 어색하고
조금은 모양새가

여정의 세월이 다소 있지만
수개월 전처럼 느껴지는
접촉의 수가 적어서인가

한 작품에 대한 심혈보다는
풀어지고 이어지는 연정의 고리
여기서 멈춰질까 저기서 끝나게 될까

춤추는 무희의 분장이 아니라
꽃을 따는 외딴 아가씨
바라보는 심사가 불편한 몸이지만
시야가 어둔 것은 아니니

당신의 아름다움
그 꽃 따는 꽃의 향기와 같은
그윽한 아름다움이기에…

꽃바람 전야

뒤끝이 조금은
그러나 마지막 몸부림
주말에도 기승이라지만
어차피 떠날 그들에게

이참 저참 기다려지는
형님의 모습
꽃바람의 전야는
바쁩니다

행여나 돌아서면
꽃바람도 돌아서려나
맺지 못할 사연도
기약한 사연도 아닌 것을

나는 당신에게
당신이 나에게 할 말
눈으로 말할까요
가슴으로 말할까요.

이대로라면

이대로라면
이대로라면
구구천리를 가도 좋고
구구만년을 가도 좋아요

봄비 오는 소리에 벅찼는데
시샘하는 바람이 가여워요
슬피 울 소쩍새는
지금쯤 뭘 하고 있을까

저녁 찬 공기에
얼굴이 에이더라도
그냥 넘어가 주세요

그들에게도 몫이 있으며
그들에게도
나름대로 소득이 있어야 할 겁니다

겨울의 끝
얄밉지만 봐주는 쪽으로…

봄의 속내

이루고 싶을 거예요
애태움을 감추려하지만
졸이는 가슴의 두근을
봄의 그늘에라도 숨길 순 없지요

펄럭이는 깃발의 나부낌에도
오수에 잠드는 암탉에게도
봄의 전주곡은 이미 울렸고
봄의 맛은 시작되고 있어요

봄이 속내를 드러내지 않아도
그 속을 아는 이는 다 알고
이어지는 무지개 향연의 치장을
깊은 속은 한 것입니다

무엇이 그리움일까요
무엇이 보고픔일까요
세상은 바뀌고 있지만
세월의 굴레에서 그저 한 발 두 발…

아름다운 마음

아름다운 시詩를 남기진 못했습니다
그러나
아름다운 마음을 잃고 싶지 않습니다

아름다운 과거는 아니나
아름다운 미래를 원하고

아름다운 진실이 아니었으나
아름다운 진실이 있길 원합니다

슬픔은 갔지만 다시 올 줄 모르고
기쁨은 없었지만 도래하길 원합니다

많은 변화의 길과 변화
아름다운 마음을
아름답게 가꾸고 싶습니다

쉽지 않은 그 고비에서의 선택
아름다운 그 아름다움 속에서
아름다움을 키워가는…

천 륜

어기었소
천륜을
용서하오
천륜이여

나락으로 떨어짐도 우연이 아니고
이만한 고통으로라도 감사하오
봄날이 와 봄 잔치에
꽃면의 기회에 해당될지

천륜에 대한 솔직한 고백
법칙은 예외가 없고
나에게도 예외에 해당되지 않았소
끝없는 용서의 갈구에
우왕과 좌왕이 있었지만
이 순간을 더불어
툭 털어버리는

당신이라는 거울에
용서받은 모습을…

봉오리 엮어서

꽃봉오리 엮어
당신 가슴에
마음 봉오리 엮어서
당신 왼쪽에

노래를 불러도 봄을 노래해도
모습을 보이지 않는 그 모습
화려한 장미도
여기를 거쳐야 하고
벚꽃놀이의 흥취도
이곳을 스쳐야 합니다

나리야 달래야
서두를 것은 전혀 없으리
차분히 채비하고
느긋이 오거라
주가를 올리는 것은
시가가 아니라
시간이니만큼…

춥습니다

춥습니다
그러나
춥지 않습니다
왜냐면
당신이라는
온기가 있어서입니다

지금의 이 시간
지금의 이 분위기
지금 자신을 굳게 붙들고 있습니다

힘겨운 점에서는 역경 때를
언짢을 때는
위기였을 때를 생각하며

돌아갑니다
시계 바늘이
부지런히
쉬지 않고
당신을 만날 때까지…

주 제

없어요
주제가…

가고 가다 보니 무엇이 어떻게
수차례의 무대에 각본이 떨어졌나
없는 주제는 왜 세워놓고
이유 없는 주제 타령을 하는 것인지

가을을 남기고 간 사랑도
가을이 오면 다시 남기고 갈 사랑
화사한 봄판에 연정을 피우는 것이
더욱 아름답고 새김이 있는 것을

한 통의 편지를 봄바람에 띄울 때
뭇 가슴의 무감을 일깨울 수도
당신의 유지에 전하는 이 전갈이
그냥 쓰러져 버리지 않으리라는

주제는 없지만
당신이 알아주길…

제4부

사랑함을 용서하구려

이대로가

이대로
좋아요

더 이상
바랄 바 없어요

슬픔도 없고
걱정도 없고
미련도 없고
아쉬움도 없고

즐거움은 없지만 걱정이 없고
걱정이 있다면 욕심

당신이라는 존재가
엄청난 파급 효과를
한 인생人生에게

고맙소
고맙구려 미선님!

여인女人에게

눈물을 삼키며 걸어온 회한의 길
달리는 열차에 시선을 빼앗기며
등성이가 무너지도록 응시하면서
어느 여인에게
어느 여인에게

비상하는 새를 따라
비상하는 기다린 마음
피지 못한 꽃이라면
이 봄에서 물러나오

뿔뿔이 흩어지던 어제의 노을
오늘도 예상은 그러하온대
오늘은 의미 없이 흩어지지 말고
화폭으로라도 남읍시다

아무도 없는 공간에서
아무를 가다리며
잊을 수 없는 맺음을
여인에게 보냅니다.

봄 고갯길

어느 날 밤인가
가파른 고갯길을
함께 거닐고 싶어

발자국 위에 떨어지는 사연
언제인가 잊지 말자고
다지고 다질 텐데

봄이 온 고갯길 위에서
추위를 안녕하나
좀처럼 떨어지지 않으려하니

2월의 마지막 곤란함에 놓이니
붙잡는 추위와 들어서는 봄기운
전하려 전하려 해도 전할 길 없는

언제인가
어느 날 밤
가파른 고갯길을
함께 거닐고픈네…

돌아선다면

당신이 내게서 돌아서는 순간
모든 꽃은 지고
다시 피지 않을 것이며

내가 당신에게서 돌아선다면
뼈가 뒤틀리리라

약속은 없었지만
인정도 없었지만
하나의 앎은
불씨가 되어
그 모두를 태웠으니
남김없이…

돌아선다면
소월이의 의향을 따라
가고 옴은 자유요
막을 수 없음이나
돌아선다면
돌아선다면…

지는 개나리

피지도 않았는데
개나리는 벌써 지고 있습니다

전갈이 가지도 않았는데
어느새 답장이

꿈은 꾸지도 않았는데
꿈이 이루어지고

게임은 시작되지도 않았는데
승패는 가름 나고

당신이 있기도 전인데
그리워했습니다

일은 이제 멀어졌습니다
일은 이미 다 끝났기 때문에

가고 오는 자취가 푼푼하다보니
도대체 두서가 없어서…

소식조차

소식조차 알 길 없는
소식의 저 언저리에
좋아하지 못할 소식인가
들어서 좋을 소식인가

한 번 더 키 내움을
여기서 멈추는 것보다
한 번 더 키 내움을
한 번 더 키웁니다

마지막 인사일지 모르는
이 순간
소식조차 전하지 못한다면
서글픔의 행렬은 더욱 고통스러워

소식조차 들리지 않는
무소식의 소식 속에서의 희열
소식조차 알길 없는 나의
그리운 여인이여.

길목의 행진

스스럼없는 나날들이여
짧은 안목을 받아들이고
크지 못한 명예를 감찰하소서

봄의 길목의 행진은 계속되고
여운의 목청은 작지 않으니
결코 흘리지 마소서

이룸은 약하고
상처는 깊었으나
결백의 돌이킴을 결단코 인정하나이다

이제 움트는 싹같이
새 땅에 다시 태어나고자 함을
외면의 그늘로 대하진 마소서

큰 짐을 짊어지고
남은 삶에서 벗진 못해도
심혈의 꿋꿋함은 잃지 않으리다.

유미선

유프라테스 강물은 말없이 흐르고
허공의 뭉게구름은 힘없이 흐르고
절절한 가슴은 두 줄기 눈물로 흐르고
한 맺힌 정한은 달빛 되어 흐르고

미워하지 않을 것을 어찌 장담하리오
당신이 먼저 등을 돌릴 것인가
이 몸이 지쳐 주저앉을 것인가
도심의 중앙에서 발길을 어디로 돌릴 것인지

선명하게 그려지는 일곱 색깔 무지개
당신을 향해 뿌리는 통한의 정
켤 수 없는 등댓불 보다는
꺼지지 않는 등대가 되리니.

허 풍

노래한다
허풍을

노래한다
방풍을

가을은 무너져 가고
등성이로부터
눈발이 들린다

웃지 못할
또 하나의 사연이
여기서 다시 한 번 풀어지는구나.

사랑함을 용서하구려

이유가 뭘까
당신으로부터 어색함을 느끼는 것이
연유가 뭘까
당신을 정리하지 못하는 것이

당신의 침묵에 도전하고
당신의 냉담에 고전하면서도
그래도 고개를 돌리지 못하는
그 연민
그 연민을 용서하구려

노을이 지는 편에 머무는
당신에게서
스스로 물러나기에는
너무도 저립니다.

공 허

없다
아무도…

중 심

조금 위로
조금 옆으로
그대로 움직이지 말고
가만
가만
내려놓아요
그렇지

사랑의 중심은 바로 여기입니다.

가고프지만

어디론가 가고픈 마음
어딜 가도 반가움 없는 얼굴들

가고 싶지만
떠나고 싶지만
참으로 자신이 없는 길…

문 제

불러 보고파도
불러볼 수 없는
가슴 속의
나의 여인이여

오늘이 고달프고
내일이 두려운 것은
이루지 못할 것만 같은
해후 때문인가

참으로
어쩌면 좋단 말인가
당신과의
이 문제를…

네 온

오늘
어둠을 바탕삼아
현란한 네온으로
당신의 멋을 그린다

꺾여진 고개로
외로운 이방인이었던
젊은 날

오늘
그 이유에 대해서
생각해본다.

여 파

가을…

바람의
소리

허

엽서는
띄우지도 못하고
그냥
거울 속으로
던져 버렸다.

홰

몰아쳐 갔습니다

빈 가슴의
푸른 자욱과 붉은 미련
아쉼의 의미를
어떻게 표해야 하는가

풀리기도 전에
풀어진 장파의 허탈
검게 그을려가는 하늘아래
옴짝하지 못하는 오후

아낌없이 주기 위해서는
아직도 무엇이 남았는가
한바탕 홰를 치나
날리는 건 그리움뿐…

사랑의 언덕

당신은 이 낙엽 지는 계절에
허공을 가로 지르는 종달새를 보셨나요

당신은 이 가을의 모퉁이에서
활짝 핀 진달래를 느끼셨습니까

당신은 저만큼 밀려오는
북풍한설을 예상하셨나요

당신의 그림자에 묻혀 있는
가련한 자를 생각하셨었나요

당신의 위력은 무엇이며
당신의 매력은 무엇인지…

잊으세요
당신의 모든 것을
그러나 잊어서는 아니 될 그 무엇
그 무엇…

아! 하늘이여

노란 은행잎에 시선이 멈추고
시선이 멈춘 곳에 낭만이 그려지고
그려진 낭만 속에 낙엽이 스치고
스쳐간 낙엽이 여운을 남기는데

금요일 오후
당신을 둘러싼 분위기는 어떻습니까
슬피 우는 산새는
지난 주 안면도로 날아가
가을 바다의 운치를 깊게 감상했습니다
하루하루의 행보에 여유를 얻고자 하나
당신의 형상을 생각하면 긴장감이 서려

어제의 낙조는 서글프게도 쉬 사라지고
오늘의 여명은 구름에 갇히고
홀연히 스쳐가는 그리움은
야속하게도 자취를 남기지 아니하였은즉

비록 연약한 운명이지만
당신을 향해 혼신의 힘을 기울이고 있습니나.

님 생각

님이라고 불러야 하나요
그대라고 외쳐야 하나요
아니면
이름을 메아리에 실어야 하나요

어둠이 깊어가는 도심에
네온이 춤을 추고
차량들의 불빛들이
심한 요동을 치고

님이라는 외마디 비명이
밤하늘에 퍼지고
서편의 노을이
다시 살아나는 듯

잠자리의 꿈에서도 그려지는
연꽃 같은 미소
아직은 님이라 부르기가
그러나 어찌하나요
가슴에 님이라고 박혀 있는 것을.

입춘立春전야

세월은 다시 한 바퀴 돌고 돌아
당신을 향해 던지는 승부수
받아들이는 당신의 입장에서는
그냥 해 저무는 일몰인가요

숱한 난관 속에서
마냥 멀어져 가는 믿음
지하를 파고 도는 한 줄기 햇살
당신인가요, 당신인가요

수도 셀 수 없는 철새들의 행진
바람이 불면서 들어서려는 입동
나의 인생은 파란만장이지만
당신의 삶은 탄탄대로인가요

내일은 서쪽에서 해가 뜨려나
그러나 실제적으론 있을 수 없는 일
가슴에 손을 대고 그리고 손을 떼고
아름다운 태양아! 내일우 서쪽에서…

무언無言의 장벽

말하지 못하는 것과
말을 못하는 것의 차이
미모의 멋과
인품의 멋
두 마음을 품는 것과
오로지 한 사랑을 추구하는 것

사랑은 도박이 아니라
갈고 닦는 순수한 인격의 편입니다
한 번 준 마음을
저울질 할 수 없으며
설사 저울질 한다 해도
기준은 어디에 둘 것인지

뿌리 채 흔들리는 가슴 속 부조리는
거듭남의 역사로 흔적도 없이 사라지고
오늘의 입동은 벌써 입춘을 두려워하고 있으니
슬프고 외로운 나그네
그 나그네의 종착역은 과연 어디가 될는지…

제 5 부

아련한 연정

그대 곁에서 꺼지지 않는 등불이 되어

불러도 불러도 아무리 불러봐도
허공의 메아리조차도 외면하고
삭풍에 실려 오는 냉기마저
빈 가슴의 고독을 내리칩니다

상상도 하기 어려운 우여곡절
마냥 웅크려야 하는 서러움
따뜻한 배려는 저 멀리
남는 것은 삭막한 허무

무엇이 그리워
펜을 놓지 못하는가
단 한 번의 베임으로 인한
고독과 시련의 짐
가슴을 적시는 피눈물

당신이 있기에 여력이 있고
여력이 있기에 소생을 간구하고 간구합니다.

별들의 노래

밤하늘 별들의 잔치
입장만 허락한다면 함께 참석하고픈
별 중의 별 샛별!
그 샛별의 제스처를 잊은 지 스무 해
부활을 갈망하는 육신
허나 결국은 이룰 수 없는 소망
깊은 잠을 지켜보는 별들의 눈길
한 번 가면 다시는 돌아오지 않는 강
그러나 애정의 연결은
마릴린 먼로를 품에 안고 돌아옵니다

별빛마저 울어주던 슬픈 사연
돌지 않는 풍차는 무슨 연유로
일출의 영광도
일몰의 유혹에 번번이 빠지고
밤의 천지는 어떤 조화를 준비하는지

조심하세요, 감기
유의하세요, 안전운행.

솟구치는 열정의 그림자

어둠은 야경을 수놓고
쓸쓸함은 고독으로 이어지고
허전한 가슴에 스미는 영상은
아련함으로 물결치는데

보이지 않는 겉모습
왼 가슴에 박혀 있는 형상
그대의 잔잔한 시선에
고개를 숙이며 돌아서던 발길

모든 인간사에서 펼쳐지는 러브 스토리
태초에 말씀이 계셨듯이
우리에게도 시초가 있었으니
갈등인가 조화로움인가

일생에 다시없을 이 시간이
단연 지우지 못할 자취로 남을 것
당신의 인정을 받지 못한다 해도
자신은 그것과는 무관하다는 것을…

허물어 짐

봄의 쇠잔
석별의 노래가 들려온다
그럼에도
찔레는 웃고 있으니

고결하고 청아한 당신의 기품에
절로 탄성이 나오는데
서선한 현실이
감정의 표현을 허물고 있다.

연 가

당신을 위해서
무엇을 할 수 있을까
평안을 위해서
깊이 기도할까

가을이 성숙해져 가네요
단풍도 얼마 남지 않고
수확의 마무리도
곧 있을 겁니다

연가를 부르는
늙은 허수아비 옆에
들국화 한 송이가
곱게 피었네요.

오솔길

함께 걸어본다면
느낌이 어떨지

감정만 술렁일 뿐
매듭이 없다

비관적인 현실이지만
마음은 변하지 않았다

어제
비가 오고 오늘 햇살이 들고 보니
상처 위에 무지개 핀다

울적하고 서글픈 청춘의 끝
당신이 돌아서면 그만이지만
나는 조건을 따지고 싶지 않다.

5월의 낙엽

하고픈 말들이
흙더미에 묻혀 버린다

당신은
나를
쉽게 이해하지 못합니다

혹한의 현실 속에서
입을 뗄
힘조차 없습니다

그래도

사랑합니다
당신을
거기에는
이유가 없습니다.

꽃반지

화사한 맵시
엷은 미소
물 위의 버들잎

하늘의 뜻이 흔들린다
도움이 있었으면 좋겠다.

겨울의 의미

나무 꼭대기에
눈발이 날릴
가슴은 허공을 품고
그댈 향해 창끝을 돌린다
세상에 사랑이란
한 송이 튤립 꽃잎처럼
곱고 순결한
수정같이 투명한 진실
그대여!
구애를 받아주오
입동이 지났으니 입춘이 오길
봄길 따라 춤추며 다가올
아지랑이 등에 업고 당신께
당신께 한 발 한 발…

여 인

석양을 향해
내리는 비

등불의 약속
한 여인과

반복해 부르는 이름
당신을
절대 놓치고 싶지 않다.

황혼녘에

쓰러져 가는 인생
마지막 사랑은 어디쯤일까

멈추지 않는 지극한 연모
당신과 무관하지 않다

담벽과 마주하여 흘리는 눈물
세상은 변해도
나의 애정은 변하지 않을 것

당신을 짊어지고
낙원으로 가고 싶다.

보슬비

거리를 적시는
푸른 보슬비
상처와 눈물
안개 속 추억
돌아오지 않는 사람
타버린 연기
애환
애잔한 연민
……
한계선을
어디에다 그어야 하나.

사 려

혼자의 시간
까치 한 마리
그리운 아버님
보고픈 어머님
가고픈 당신

사랑 중 첫째는 무엇인가
꿈은 학문연구였는데
뜻하지 않은 충격으로
맥이 끊겼다

흘러가는 당신 세월
글을 쓰는 나의 세월
비록 가난하지만
당신을 위해 빈다.

사 연

하얀 아카시아 꽃
그늘의 세계가 싫은 모양이다

미련 없는 인생길
알 수 없는 회한의 깊이
마냥
마냥 떠나간다

한 개비 담배에 불을 댕기고
나무에게서 침묵을 배운다

어디로 가야
진정한 삶을 얻을 수 있나
아무에게도 말 못하는 사연을
백지에 쓸 뿐이다

아프다
진실로…

오 묘

여름의 열창
가을
가을의 침묵은
무슨 뜻인가

9월의 역사와
14일의 행진
수양의 부족으로
판단이 흐리다

어둠
……
그것은
일단 노을이 지고 난 뒤의 얘기다.

무 정

낙엽 따라 왔다가
꽃잎 따라 떠나시는
헤어짐의 뒤안길은
무정이네요

소식 없이 오셨듯이
가실 때도 말없이
순수의 장을 지키자니
봇물의 정한이 터집니다

봄 판에 벌어지는
고결의 다툼
목련은 주인을 잃고
힘없이 떨어집니다.

아련한 연정

구름 위에
시를 수놓아
하늬바람에
꽃향기 날리우는

아!
아련한 연정에도
가을 낙엽
흩날리는데…

상 념

봄의 속삭임에
사라진 꽃샘
일시에 터지는
환호의 기쁨

어둠의 장막이
조금은 버거웠지만
늘어지는 햇살에
만나 태평이라나.

여 백

없어요
남은 것이

있어요
무엇인가

숨을 죽이고
하늘을 봅니다
구름은 보이나
바람은 보이지 않네요

가슴을 풀어
한을 여미면서
못다 한 사연을
여백에 뿌립니다.

슬 픔

실마리를 풀지 못하는
슬픔의 사연
엉키는 눈물 속에
고뇌하는 그림자

둘은 하나요
갈라서면 둘이라지만
어제의 흔적에도
긴장하는 소심

여울지던 봄바람은
아득히 사라졌는데
비어 있는 자리에
낙엽은 언제쯤이나…

침 묵

잃었소
잃었소
모든 걸 잃어버렸소

말을 잃고
시력을 잃고
모든 감정을 잃고

과거를 잃고
현실을 잃고
미래를 선에 묻고

당신의 의미는 사라졌고
당신을 향한 맥은 끊어졌고
당신으로 인한 믿음들을 묻고

왜 묻어두느냐고요?
……

인 상

아침의 호수 같은
저녁의 목장 같은
심심한 이미지는
정도 많은 느낌

다가서기에
다소 서먹하고
그러면서도
마냥 다가가고픈

연관이 있어서가 아닙니다
속내음을 표하지 못해섭니다

당신의 인상은
안개 속 연꽃처럼
부연합니다.

제 6 부

가슴에 묻고 삽니다

해 후

애잔한 시간을 가질 수 없음에
열풍이 불어와도 속 타는 심사
헤어짐이 고달프지만
해후의 기쁨을 고대하기에
이제나 저제나 기다리는 그날
과연 동은 틀는지
애끓는 심정을 토할 길 없어
답답함이 산이 되었네
장마도 물러간 시점에서
입추의 고비에 놓였으니
황금벌판에 외로울 허수아비
풍요의 기준은 어디에 있나
무엇으로 사는가가 아닌
어떻게 살고 있는가

저무는 햇살이
가슴을 휘젓는데…

장대비

한풀이를 한다
새벽 장대비로
뜨거운 울분이
잠시 멈추기는 한데

원망이
원한으로
원한이
뇌성으로
뇌성이 부러지자
밤이 사무쳐 운다

어제는
말없이 물러갔으나
걸쳐 오던 가을이
미련으로 남는다.

거 부

갑작스런 부름에 놀라던 발길
첫 대면 속의 침묵과
이어지는 공백
열을 지피며 넘어가던
입춘 고개
그러나
그것이 아니었나 봅니다

낙엽이 스치는 무대 위에서
슬픈 광대처럼
당신의 스산한 눈길에
멍들어 가는 육신

오늘
더 이상은 견디지 못하고
정중한 예를 갖춰
당신을 거부합니다.

그린다

오셨습니까

서편을 그리다
당신을 그렸습니다

바람을 그리다
연민을 그렸습니다

전해오는 얘기
들려오는 이야기
가을의 진달래는
첫 서리를 맞고
초승달 그림자는
아직도
깨어나지 못하고
울먹이고 있습니다.

갈 곳 없어 부르는 연안의 노래

노을을 향하여 띄우는
슬픈 운

돌아오는 것은
바람뿐이네요.

공원의 질투

흘러갔군요
흘러갔어요
힘없이 걷던
봄날 공원길에서
무덥던 공간에서의
여름날 질투로

시간이 흐르면서
말하지 못하는 가슴은
잿빛이 되어 갔고
사랑하는 것은
이유도 없이 죽어 갔습니다.

공 원

잠시
의탁을 하는 구려

밤이 깊어
갈 곳 없는
낭인이 머문 공원

그동안
벌써 몇 번째인지…

꿈

떨어지는 밤
쌀쌀한 긴장

꿈결 속에 찾아와
한참을 노닐었는데

잠시 후
그 자리엔
바람만 고요히 흐르고 있었으니…

뭇생각

이쯤해서 물러나 주세요
더 이상 생각지 않을래요
이따금 찾아 갔었지만
이제는 다시 가지 않을랍니다

내게도 단념의 도는 있습니다.

별 그림자

한낮의 별 그림자

앗겨버린 애정의 곡식
갈등을 꺾는
양심의 경계선은
이미 월말에 이르렀다

오후의 시간은 쓰러졌고
내일의 시간은 멀어져가고

그럼에도 불구하고
잿빛 하늘은
입을 열지 않는다

마음은 하난데
사랑은 셋
어디를 둘러봐도
걸어온 길이 없고
어디를 둘러봐도
가야할 길이 없다.

가

가
오지마

와
가지마

붉은 네온의 춤
속절없는 나그네

이래라 저래라
할 권한 없어

널 향한 포효
오늘도 잊지 않았다

길게 뻗은 도로 위에서
길게 뻗어 가는 시선

몸은 서 있었어도
마음은 흐느꼈으니…

도 망

어디로
어디로
어디로…

사방은 절벽
그 끝은 끝이 없고
끝없이 달아나고픈
끝없는 푸른 욕망은
끝이 없다

도망자가 아니면서
오늘, 어둠을 타고 도망을 가고 있다.

화물차

왔었느니
갔었느니
있었느니

방송의 첫눈 소식은
잡히지 않는 입춘의 그리자처럼
실감이 나질 않는다

구조를 위해서가 아니라
구원을 위해서 내민 손

도움을 받아야 할 고장난 화물차
다만 그 화물차를 지켜만 보고 있었다.

바 람

겨울이다
가슴에 등불을 건다
아직 오직 않은 이들을 위해서
밤새 걸어두어야겠다

잎새는 휘날리고
어둠은 질퍽거린다
뚝 떨어진 외로움 위에
서글픈 바람만 불어댄다.

관

매서운 눈초리에 몰린
세월의 잔여분
지속되는 운명의 냉대에
이가 시리다

깃털보다 가벼운
처신
조용한 침묵 아래
검은 관을 짠다.

미지수

알지 못합니다
늦은 시각까지 알아내려 했지만
좀체 알아낼 수가 없었어요

당신이라는 미지수에
애가 닳고
빛바랜 낙심만
깃대에 나부낍니다.

가슴에 묻고 삽니다

못 견디게
못 견디게
보고픈 얼굴

하늘가에 그리움을 그리고
대지위에 그림자를 그리고
잊혀지지 않는 모습이기에
가슴에 묻고 삽니다

먼 산에 동이 트면
내 마음에 꽃이 피어
소식도 없던 그 곳에서
꽃향기 전해올 겁니다.

먼 산의 진달래

아리따운 시간과 아쉬운 공간
여기는 진실본부에서도 고백호입니다
순항을 막는 혹한
칼바람에 햇살도 잘립니다

당신의 눈가에 어려 있는 우수
멀지도 가깝지도 않은 정감의 거리
풀리지 않는 미련
벌써 미련 운운할 땐가

가슴에 안겼던 가장 따뜻했던 추억
놓임과 풀림이 없는 정체
휘날리던 눈은 멈추고
가슴의 고동도 멈췄습니다.

굽은 나무에 내리는 함박눈

깊고 따뜻한 시선
춤추는 불그림자
노크에 퍼지는 정감의 메아리
당신이기에
사랑이기에…

눈물짓는 늦가을의 들국화
별들의 잔치에 소생하는 밤이슬
생각했기에
그리웠기에
보고프기에

첫눈의 이미지는 사라졌습니다
기온은 떨어지고
폭설이 내린답니다
폭설은 초대하지 않았습니다.

상 봉

나는
당신 앞에서
붉은 시선을
멈출 수 없었고

당신은
내 앞에서
떨군 고개를
들지 못했다

서서히
서쪽 하늘부터
눈물이 내리기
시작했다.

칼바람

칼을 내리치니
바람이 일어
이를 칼바람이라

아닙니다
아니에요
세워진 칼에
바람이 내리치니
이를 칼바람이라 칭합니다

난 당신에게
칼바람으로서
당신을 호위하는
당신의 근위병입니다

당신을
칼바람으로 사랑합니다.

아닌가봐

아닌가봐
아닌가봐
예전의 당신이 아닌가 봐

아닌가봐
아닌가봐
예전의 내가 아닌가 봐

아닌가봐
아닌가봐
예전의 우리가 아닌가 봐

예전의 우리는 행복했고
예전의 나는 너그러웠고
예전의 당신은 포근했었는데…

제7부

겨울 가랑비

연 모

날리는 은행잎도
쓸쓸히 쓸리는
마지막 경계선의
빈 벤치

어제의 마주함이 뿌리던
그윽한 향기
어제의 시간이었는데도
아련함이 눈가에

꿈결에 스미는
그대의 미소
연모의 물결이
끝없이 퍼져 가네요.

대사동

의미는 멈춰있다
그대로인 것뿐이다
거래는 끝났고
더 이상은 없으나
영수증은 확인되지 않았다
당신이라는 단어
쏠렸던 정감
오늘 오후에는
비가 내린다고 했다

대사동
대사동
모든 것은 끝나고
지나간 것은 다시 오지 않는다 했으나

따지고 보면
대사동도 아니다
내가 대흥동이 아니듯이…

교 통

내가 너로부터
네가 나로부터
전해져 오는 결
잘려진 선으로
더 이상 고통을
이룰 수는 없었지만

가고파도 갈 수 없고
오지 않는 연결
무엇이 상황을
이 지경까지

난
아이가 아니다
당신이 말하지 않아도
이해의 촉은 있다

오늘은
어둡다.

정 오正午

돌아올 수 없는 그 길
사랑의 묘약은 없습니다
홀로 진 이별의 짐
이유가 없습니다

추운 허공을 나는 새 되어
추종을 그치지 않는다면
어릴 적 원하던
당당함 아닌가

정오正午는 갔고
하늘은 흐리고
꿈은 졸고 있습니다
오늘은

여기까지입니다.

겨울 가랑비

어제 저녁부터 내리는 가랑비
밤을 지새면서 빗줄기가 굵어지고
열을 더하던 심혈의 기울임
오랜만의 덧셈
마주침의 처음에 건네고
빛나는 동작을 보고픈 눈동자
작성을 해놓고 다시 훑어봐도
대체적으로 매끄러운 구성
목적도 없고 방법도 아니고
더더욱 수단도 아니다
성의로 풀어내고 진실을 진솔하게
계산된 과정은 아니다
아름다움의 곧은 표현
가랑비가 실제 오고 있듯이
짜여진 구성도 거짓이 아니도록
정돈하고 정돈하며 짜임새 있게

겨울 속의 가랑비
조촐하게 내리는구나.

허 무

남아 있는 것이 없다
주었던 것은 마음
받은 것은 눈빛
아무것도 없다

처음은 여름
둘째는 가을
꽃씨가 겨울 내내 나돌았는데
심장을 던졌으나
허무하다

욕심이 좀 과했던 것일까
그렇지 않다
기준은 없는 것

망상이라고 지칭될지 모르는 과대
그러나
현실은 아직
끝나지 않았다
허무 속에서도…

맴돌며

석양은 추워도
아쉬움을 맺질 못하겠다
겨울의 시선이면서도
면면히 이어지는 추억은
너무나 의연한 모습여서였을까

다가서지, 다가설 수 없는
구역이 되어버렸나, 당신은…
마음을 띄워 주위를 맴돌며
한 걸음 다가서고픈 마음
문제는 어디에 있으며
해결의 실마리를 찾을 수는 없는가

정문 옆 호떡 굽는 아주머니는
이 겨울을 아랑곳하지 않으시겠지

한 마리 매가 되어 미선이가 있는
충남대 부속병원 위를
맴돌아 본다 조용히
토요일 늦은 오후 이 시간에…

왔으니

왔으니
가야죠
그래야 순리가 아닌가요

갔으니
와야죠
그래야 도리가 아닌가요

왔다가는 가고
갔다가는 오고
그 자리에
호박꽃이 핍니다

내가 오고
당신이 가는 것이 아니라
당신이 오고
내가 가는 것입니다

나는 목적지가 없습니다
불행히도…

상 처

서로가 다시 또
상처를 받게 되는 것은 아닌지
조금 망설여진다

말 못하는 그 사연이 그리는
붉은 그림자
당신은 왜?

결실은 무엇이며
결과는 어떤 형태로

양 가슴에 또 한 번 새겨져야 하나
또 한 번!

스토리는 아름다웠지만
가슴은 미어졌습니다…

옛 명성의 그날

일요일은 어둡습니다
날씨는 따뜻합니다

대체로 전체를 색으로 비유하면
고동색입니다

아픕니다
울지는 않고 있습니다

고동색입니다
죽은 고목나무 색깔처럼

한때 화려했던 명성의 그날
세상은 결코 간단치 않았습니다

창문 밝을 날에
핑크색, 노란색이 올까

여보세요
대체 말 좀 해 보세요.

일요일

나의 일요일은 무료
당신은 유료?

신년 들어 세 번째 일요일
차 한 잔 나눔의 뼈아픈 거절

부푼 꿈의 꽃바구니는
저 건너
소원함
그리고 단절의 유지

당신은 세상
난 인생
인생이 세상을 쓴다

늦었지만
새해 복 많이 받으시길…

노란감정

막
움을 틔우려는 생기
막
망울이 터질 것 같은 기대

한 번 돌아서는 시선에
그냥 산이 무너지는구려

부담스러웠소?
아니면
입장이 곤란하였소?

결과적으로
당신을 지우지 못하다 보니
이렇게 진부해지는구려.

역 류

거꾸로
흐른다

이제는 정녕 멀어져야만 하나

색이 변하고
산천이 바뀌어도
변하고 싶지 않았던
녹색 진실

선연히 떠오르는 얼굴에 그려지는
짧은 미소의 애태움에
명이 반으로 줄었다

마음을 주긴 쉬워도
돌이키긴 어려우니…

계족산

멀리 보이는 산자락
사실 그리 멀지도 않은데
다분히 저곳이 꿈만 같다

창문은 화폭이 되어
산을 담고
아래에는 건물들이
뿌리같이 나열해 있다

작년에 갔다 왔는데
오늘,
조금 그리웁구나.

절박함

어둠
고픔
춥고
곤핍하고

서대문로의 밤거리
새벽 2시
외롭게 열려있는 편의점
컵라면 한 그릇
무겁게 끌리는 여행용 가방

……

여보세요
좀 들어갈 수 없나요?

갈 망

목마르다

되지 않는다

오지도 않는다

아…

끝없이 밀려가는구나

석양조차도
등을 돌려버리고…

아직 끝나지 않았나요

당신의 매서운 채찍
아직 끝나지 않았나요

뼈만 남고
몸부림치다 피만 토했는데

아직도 끝나지 않았나요
당신의
그 미움과 원망이.

지 금

오로지
구도의 마음

불만은 없습니다

들려오는 가을의 소리에
인생도 무르익고 있으나

종점
나의 종점은 어디일까?

위하여

서럽다

반겨줄 곳도 없다

즐거운 시간을 좀 갖고 싶은데

어지러운 주변
노을이 탄다.

아픔의 굴레

봄이 가고
여름이 와도
그저
곤한 잠에 꿈만 꾼다

잔잔한 물결 위에 그려지는
한 편의 드라마

도대체
이 난국을
어떻게 풀어야 하나.

돌려받고 싶소

생각하면 할수록
그리움고
보면 볼수록
어여쁘고

사랑의 이치란
바로 이런 것인가요

가을을 남기고 가더니
가을에 돌아온 사람

아!
세상살이
나도 돌아가고 싶소.

자 취

역정의 길
갈피를 잡을 수 없는
프리즘 같은 추억

세상은 변했고
순정의 겉치레에
소나기 내린다

어제는
둥근달이 떠올라
문막을 생각나게 했다.